소리를 키우는 침묵

소리를 키우는 침묵

지하선 시집

自 序

뜨거운 땡볕을 울어대는 매미,
그는 7~17년 이상 침묵 속에서
어둠을 굴리며 소리를 키운다
침묵이 깊을수록 소리도 커지고
애절해진다는 걸 알았을 때
오랜 세월 혼자만 웅얼거리며
안으로만 삭히고 있었던 내 소리도
밖으로 내보내고 싶다는 욕심이 생겼다
그러나 부끄러웠다.
여름 한낮 울어대는 매미소리에
귀 기울이는 사람이 없듯
내 소리에도 그러면 어쩌나…

매미 지나간 허공에도 울음의 발자국은
남아있듯이
누군가의 외로운 귓전에 가 닿기를,
그리고 그가
미소 지어 주기를 간절히 소망해 보며
작고 볼품없을지라도 내게 행복을 가르쳐준
소중한 나의 분신을 세상에 내어 보낸다.

나를 지극히 사랑하시어
내가 소리치도록 힘과 용기를 주신
하늘에 계신 우리 아버지께 감사드리며
나의 詩들이 책으로 모아지도록
도와주신 따스한 마음들을 깊이 간직하면서…

2011년 4월에
지하선

| 차례 |

1부   여름 앞에서

2부 가을을 바라보면

3부 겨울 자락에는

4부 또 다시 봄

5부 그리고 나의 계절

1부

여름 앞에서

안개비

어스름이 깔린 숲 속을 헤맨다
야생마를 타고 서른둘을 달린다
몸속에서 붉은 꽃들이 피어난다

현실을 허물고
무의식 속의 너를 껴안는다
자취도 없이 스며들어
내 몸 깊숙이 너를 묻고 싶어 하던
곡선의 손길을 기억한다
짜릿한 너를 읽으려다
불안한 숲길 끝에서, 웅그리고 있는
슬픔을 바라본다

뼈만 남은 마음에 새 살이 오르던
사랑이, 눈빛을 떨치며
멀어지고
소리쳐 불러도 소리 나지 않는 밤에
가위 눌린 침대를 안고
젖은 몸 갈증으로 더 젖어든다

매미가 뜨겁게 우는 이유

소리를 키우는 건 순전히 침묵이다

길고 지리한 기다림의 끝
찰나의 생生 경계에서
방황하는 고통을
묵묵히 품어주는 초록 잎새
제 몸 틈새에 그의 일생을
녹음해 두었다가 재생시켜주는
넉넉한 나무둥치가 있기에
명함名銜이 된 소리의 칼 하나,
어둠의 등판에서 벼리고 갈았다

끈질긴 공격으로 새벽을 토막 내고
땡볕의 가슴을 찌른다
태풍 속에서도 종횡무진 달리는
폭력적인 한恨의 외침
칼끝을 휘휘 휘둘러
지구를 휘감아 돌리는 것이다

팽이처럼 도는 우주 한쪽

죽음이 허물 벗은 자리엔
무수한 공기의 알들이
뜨겁게 달구어진다

소리의 온도 점점 높아지고 있다

비의 수다를 듣다

한밤을 뒤척이며 끓어오르다
퀴퀴한 벽을 더듬던 권태로움이
옥타브를 한껏 높이고 있다

먹구름이 몇천 번 허공을
움켜쥐었다 놓는 동안
핏발 세우며 달려드는 함성
순간
스치는 시뻘건 탯줄의 기억
대지를 흔들며 울부짖다가
어둠을 깨뜨린다
질주하는 소리의 알들
질펀하게 펼쳐진 아스팔트의 귀[耳]를
끌어들이고
맨홀도 세차게 흘러드는
온갖 허드레 잡음을 삼켜버린다
화살처럼 내리꽂히는 그의 직설에
수직 파문의 하루가 푹 절어든다

순식간에 커져버린 말주름 속으로

콸콸 솟구치는 여울,
말갛게 씻겨지는
원초의 뿌리로 휘돌아든다

물병 편지

인터넷 바다
쏴아
파도가 밀려올 때마다 말[言] 한 장씩
펼쳐놓고 가네요

파도 한 번에
솜사탕처럼 입술에 달라붙는 말
또 다시 밀려와선
혓바닥으로 입술을 핥아요
달작지근한 말 조각이 묻어나네요
작은 충격에도 두꺼운 등껍질 속으로
움츠러드는 거북이처럼
관계에 지쳐 벽 속에 감춰 두었던
말랑한 속내가 머리를 드네요
5분간 출렁이는 말의 물결이
5년의 친숙함으로 파고波高를 이루네요
탐색하고 탐색당하는 미지의 섬 한쪽 끝에서
달팽이 같은 끈적한 촉수가 뻗어나오네요

내가 오빠니까 말을 놓아도 될까?*
전 남잔데요, 그럼 당신도 남자?
우리 각자 가던 길 갑시다

쏴아
파도가 밀려 나가네요
무작정
흘려 보내고 배달되는 말 말들
다시 파도를 타네요

*3연은 어느 신문기사 중에서 인용

허탕 1

액자 하나 걸려고 못을 박는다

번번이 튕겨지며 나동그라지는 못
10년도 더 묵은 가슴 내밀고
어디 한 번 해보라는 듯
살갗이 벗겨지고 살점이 튀어도 거부만 하는
옹고집, 기세등등한 벽 앞에서는 속수무책이다
무딘 못을 달랠 줄도 단단한 벽과 타협할 줄도 모르고
무지한 힘만 휘두르는 망치 끝에서
대가리가 뭉그러지고 몸통이 구부러져도
비명을 제 몸에 감은 채
구석을 찾아 숨어 버린다

다시 한 번
그의 중심에 깊이 박혀서
고달픈 시간 걸어 놓고
쉼을 묻고픈 열망에
혹시나
망치 끝에 머리를 디밀고 기다려 보지만
역시나

또
뚝!
떨어지는 소리

허공 아래로 스러질 뿐

허탕 2

볼일을 한꺼번에 모아 외출한 날
인사동 갤러리
내부 정리 중 관계자 외 출입금지
서점
점포정리 이전 세놓음

그만 발목이 빠져버린 허궁,
후텁지근한 한낮이 나를 친친 감고
야지랑 떨며 제 맘대로 시간을 디자인한다

시간의 목줄을 팽팽히 잡아당겨
오늘을 중심으로 반원을 그리는
끝점, 허탈의 용소 속에서
무력감이 소용돌이친다
내 한 달치 에너지가
어둠의 골짜기에 털썩 주저앉는다

헛걸음한 시간의 길들이
흙탕물처럼 흘러가버린 구덩이엔
딜레마에 빠져 허우적대는

죽지 꺾인 꿈이 갇혀 있다

속도에 쫓겨 숨어든 오래된 통증도

욕망이라는 이름의 정글*

인터넷 숲 속, 채팅 동물의 세계에서
짝짓기하는 사마귀들
지루한 시간의 주름 사이를 누비며
허기진 삶을 채우려
스륵스륵 숲 속을 헤맨대요

유혹의 그물망에 감지된 수사마귀
암컷이 쏘아대는 뇌쇄惱殺의 눈빛 따라
촉수 곧추 세우고 다가가지요
달콤하게 내뿜는 사랑의 늪에 빠져들어요
욕망의 날갯죽지 파닥이면서
숨 가쁜 절정을 내지르는 순간,
그의 목은 댕강
암컷의 먹이가 된다네요

순간의 쾌락이 강풍처럼 휩쓸고 간 자리
몸통만 남은 일생을 질질 끌며
갈림길에서 향방을 더듬는, 그의
등 뒤로 막막한 그믐밤이 덮치고 있네요

변색되는 세상의 껍질 틈새로 비릿한
회갈색 냄새 배어 나오고

* '욕망이라는 이름의 전차' 영화 제목 패러디

하루살이

수우박이 왔으요
달고 맛좋은 수우박을 아아주 싸게 드리요

아파트 벽 속에 갇혀있는 귀들을
밖으로 끌어내려고 안간힘이다
어스름 땅거미가 덮쳐오는데도
허공에서 허공으로 겹겹이 이어지는
소리, 소리들
하루치 생계가 소리의 줄을 타고
위태롭게 곡예를 한다

병든 노모의 밭은기침이 걸리고
수박씨 같은 아이들의 눈망울이
그렁그렁 걸려있는
외 줄 타 기
어둠이 짙어질수록 뒷걸음질친다
아침이면 닿아야 하는 밥상머리
세끼의 허기진 혀끝에서 팔리지 않는
오늘이 이울어 진다

자판기

빗살무늬처럼 오가는
어지러운 풍경을 헤집으면서
그녀는, 내게로 오세요
추파를 던지며 유혹한다

한 사내씩 웃으며 다가와
그녀의 성감대에 손가락을 넣는다
따그르르 쑥
빨갛게 충혈되는 눈
반짝 요염한 빛을 발한다
쭈루룩
달아오른 95℃의 절정이 쏟아진다
단 10초의 오르가슴 상쾌하다
계속 넣어 줘
따그락 소리가 날 때마다 반사적으로 몸을 흔들며
뜨거워지는 자신의 속내를 숨기지 못하는 그녀,
언제든 풍선처럼 부푼 가슴 터뜨려 줄
사내를 애타게 기다리고 있다

발정 난 도시의 모텔처럼

생生의 결에 대하여

배추다발 속에서 툭 떨어진 애벌레 한 마리
자록자록 살아온 길이를 재고 있다

양파껍질 벗기듯
나를 벗겨내고 나온
또 다른 나

세포 속에 저장되었던
나의 시간 속으로 연년이 이어져
흐르는 생명의 파동이
피와 살을 움켜쥔 조물주의 손에
당겨지고 접혀지는 순간
데칼코마니처럼 찍혀지는
DNA의 등호

천의 무늬로 파닥이며
눈부시게 몸부림하는 자리마다
날개의 꿈 밀린 자국 팽팽하다

핏줄 훑는 긴장으로

온몸 조이며 견디는 기다림
등 퍼런 시간과 주름진 어둠에
매달려 출렁 흔들거린다

가로등의 이야기

갈 짓 자로 머리를 내두르던 한 사내
내 몸에 붙여진 수배전단 앞에서
엉거주춤 가랑이 사이로 고이 춤을 비집고
본능을 배설했지
몸속에 갇혀 있던 삶의 찌꺼기들이
울분의 농도만큼 밖으로 쏴 떠밀려 나가더군
퇴! 끈적한 그의 한恨이, 곤두박질치며
내 발등에 그대로 꽂히고
충혈된 동공 속에서
알코올에 절어 든 시간의 흔적이
사진 위에서 초점을 잃은 채 떨리고 있었어

외동딸이 유괴됐다던 골목 어귀에서
절망으로 내려가는 한숨이 어둠을 빗질하고
휘청거리는 그의 발길이 허공에서 절벽을 타다
힘없이 주저앉고 있었어
그 사내의 일렁거리는 그림자 끝에서
컹 컹, 개 짓는 소리가
해 맑은 소녀의 웃음소리를 지워가며
그의 뒤를 졸졸 따라가고 있었지

흐려지는 내 눈 속으로
후두둑
구름의 피가 흐느끼며 떨어졌지

비스듬히 산다

요단강 어귀 가로수들
세찬 바람에 떠밀려
등은 휘고
내리꽂히는 폭염의 무게에
일제히 몸통 기울어졌다

가나안을 향한 아득한 여정
모세의 꿈을 안고
고꾸라질 듯, 기우뚱
허공의 비탈을 오른다

늑골 사이
머물지 못하는 시간들이
숨 가쁜 광야를 건너간다

무릎 굳게 세우고
하늘을 달리고 싶은
열망의 그림자
무성히 늘어뜨리며…

열대야

터질 듯 팽창된 한여름 밤
활 활 달아오르는 시간을 비집고
스토커처럼
음흉한 눈빛으로 추근추근 따라온다

열기를 뿜어내는 입술
끈적이는 혓바닥이 목덜미를 핥으며
치골을 향해 숨 가쁘게 밀착해온다
고열의 진액을 쳐 바르며 집요한
그의 욕망이 밤을 즐긴다

더 깊숙한 바닥으로 뒹구는,
그의 절정이 토해내는 질펀한 신음
불면이 욱신거리는 밤의 통로 저 끝
새벽의 비상구도 닫혀 있다

조개구이

다홍빛 조명 아래서 파드득 요동치는
포구의 한 귀퉁이 팔린다

홍합 가리비 새조개 모시조개 갖가지 조개들
휴지처럼 구겨진, 지폐 몇 장이 태우는 불꽃에
쩌억 쩍 제 몸을 가르고 자신을 내어준다
살과 살의 치열한 오열에 희비가 엇갈리는
경계의 바깥쪽

파도가 그려놓고 간 갯벌의 내력이
부그르르 쏟아진다
어미의 세월이 수장된 밀물에 첫울음 묻고
멍든 속살 부비대며 젖은 언어로 퍼주었던
사랑의 기억
용소처럼 제자리만 맴도는 내일을 껴안고
서서히 멀어져 간다

노을로 내려앉는 섬들의 허밍이 꿈꾸듯
아련히 들린다

새벽 강가에서

여명黎明의 하늘이 서서히 하품을 한다

붉은 입김이 토해낸
새 떼들
만장 날개 펼쳐서
어둠을 쓸어내며
물 위로 내려앉는다

우 우 몰려드는
빛들의 함성,
물속에서 잠자던
산들을 깨워
아스라한 강가에
들여 놓는다

두런두런
강물은 진홍빛
오랜 편지를 읽어주고
숨어있던 내 유년이
살며시 걸어 나와 듣는다

2부

가을을 바라보면

오리무중五里霧中

신열로 쨍강거리는
삼각 프리즘 속에 누워있어요

빙글 반사되는 언어의 색조각들
삼각뿔을 세우고 통점을 찔러요
고통이 쏟아지는 침묵의 심장
어디쯤
주춤주춤 멈칫거리다가
시그렁 시그렁
쏠리고 흩어지고 다시 몰리는
색색의 소리들, 핑그르르 돌아요
바삭 바삭 단내 나는 갈증이
어수선한 궁상 속으로 빠져 들어요

몸부림하는 시간의 벼랑에서
시작과 끝이 뒤죽박죽 헝클어지며
오망부리*되는 몸의 언어들
결빙의 저녁놀, 눈보라치는
허공의 뇌 밖으로 떨어져요

*오망부리 : 전체에 비하여 한 부분이 볼품없이 작게 된 형체

나는 타인

리모델링한 연극, 자글자글한 주름을 펴며
막이 열린다
오색 불빛 현란히 쏟아지자
나는 없어지고 내 삶도 지워진다
대본의 손에 들린 리모컨 작동 따라
보여주기 위해 감춰야 하는
삶의 순간순간 연기가
한 화면 안에서 펼쳐진다

가보지 못한 시간의 구멍으로 빨려 들어간 도시
우주의 원주민을 찾아
죽은 자가 더 많은 거리에서
유령처럼 방황한다
아주 낯선 내가 되었다가
짐승처럼 되었다가
풀잎에 앉은 노래가 되었다가
나의 뿌리가 스며든 곳
문에서 문으로만 이어지는 마법의 벽
암흑에 그려진 태곳적 소리가 들린다

눈만 커진 관객들의 의식이 넘실거리는
희미한 무대 한복판에서
자신의 자아를 장례 지내고
자존심을 구부려야 하는, 슬픈
강박에 시달리는 모노드라마
그리고 나의 블랙홀

구멍 1

자동차 바퀴 하나 기울어진다

쉬임없이 감고 온 길들이 팽팽하게
옥죄이며 안으로 파고들고
서로 부둥켜안고 뜨겁게 부풀었던 시간은
밖으로 향한다

입구가 출구로 엉켜지며 안과 밖이
밀고 미는 격렬한 힘의 대결
완벽하게 묶여있던 내밀한 관계가
속앓이를 하며 요동친다

한 점에서 들끓던 갈등이
바깥으로 분출되는 순간
침묵이 찢어지고
길들은 풀어진다

놓쳐버린 기억의 표지판 어디쯤
정지되는 시간 위로
불쑥 두려움이 찾아온다

허물어지는 그의 일생,
어둠의 그림자 속으로
공전空轉한다

구멍 2

바람이 그녀의 속살을 비집고
파고든다

수초가 흔들리고 겹겹이 닫혔던
입구가 파르르 떨린다
강한 자력에 끌리듯
가쁜 숨 토해내며
절정을 통과한 바람
소리의 알들 산란한다

뜨거운 실핏줄 사이로
견디기 힘든 시간을 지난다
통증으로 터져 나와
부화하는 알들
온기의 자락 더듬는다
감감한 어둠을 휘감은 채
잔뜩 옹그린 출구를 향해
젖은 날개 파닥인다

축축한 불면의 껍질을 깨고

화들짝 나래 편 소리새들
투명한 햇살 너머
환하게 열리는 우주를 향해
높이 솟구친다

허공의 줄 꽉잡고
빠른 맥박을 조율한다

구멍 3

밤이면 불빛이 뚫어 놓는 길을 따라
세상의 찌든 시간을 끌고 들어간다

창 안에서는 한때 싱싱하게 부풀었던 꿈이
오그라든 낙엽처럼 바삭거리고
회색빛 벽들은 갈증에 시달린다

고양이 울음이 얼어 붙어있는 창가엔
부엉이처럼 어둠에서만 눈을 밝혔던
외로운 침묵이 걸려 있다

지구의 공전궤도를 따라 돌던 창들은
평생 볼 수 없는 얼굴을 그리며
우주로 날아갔고

세월의 빈 껍질 속으로
바람의 주름
빙글 나이테를 긋고 있다

여백 1
−어느 화가의 그림, 결혼

구름을 깔고 앉아
알몸의 산등성이를
매만지고 있는 너를 보았지

다리에 묶여있는
인습의 밧줄을 풀고
나를 가두었던
오래된 시간을 되돌려서
네게로 가고 싶었지

허공에서 출렁이던 눈빛을
아프게 끌어당기며
인기척 없는 네 뜰에 무시로
몽유 앓듯 넘나들었지

이제는 흑 빛으로 물들인
네 맘을 들여다 볼 수 없어
환청으로 떠다니는 창백한 통증만
찬비 맞은 뼈끝에서 포말을 이루고 있지

여백 2
－한복예술 개인전에서

곡선에서 곡선으로 흐르며
솟구치다가 이우러지는

백색의 침묵이다

고쟁이 속 깊이
여자를 참아내며
종부從夫로 아낙으로
고초당초 시집살이
섶, 섶에 서린 시앗의 한恨도
적막 가슴 서리서리
말기끈으로 꽉꽉 조여 맸지

휘이휘이 열두 폭 치마 들썩이던
풍요로운 가을날들이
얼어붙은 노을에 기대선 허수아비처럼
허허로워질 때에야, 서럽게 낡은
버선목 탁탁 털어 뉘어 놓고
맨발 가지런히 앙상한 쉼을 얻었지

낡은 중절모

푸릇푸릇 젊은 시간에 불리고 싶었던 이름
두통으로 쭈그러든 저녁에 불러낸다
어둠의 동공이 커지면서
끈적끈적 달라붙었던 기억이 빠져 나온다
탱탱한 목소리가 담겨지고
그의 체취를 붙여놓았던 심장 박동이
탁본하듯 나를 두드린다
버려지는 순간에도 마지막 한 숨 내뿜듯
반짝 내보이는 슬픔의 빛깔, 정수리에
덮힌 유음遺音처럼 무겁다
점차 헐거워지는 몸에서
노을 같은 하품이 새어나오고
퇴화되어가는 오감에
공간의 외로움만 가득하다

찰나에 놓친 풍경들이
줌렌즈 안개 속으로 사라진다

부엌 문

'덜컹 덜컹'
바람이 그녀의 생生을 가로지르며
마구 흔들어대고 있다

미처 잠그지 못한 그녀,
오랫동안 묶여 있던 것들
차츰 헐거워진다
세월의 무게를 견디지 못하는
관절은 삐걱거리고
시간의 틈을 이어주지 못하는
척추도 어느새 툭 불거진다

참을 수 없는 시간들이
연하디 연한 가슴을 밀고
밖을 향한다
겹겹이 찌든 삶의 냄새를
한 꺼풀씩 내보내기 위해,

날로 앙상해지는 그림자
둘둘 말아 놓는다

골 − 문 (goal post)

나는 함성 중독증을 앓고 있어요
철통같이 잠그고 있다가도
금단현상 몰려들면
입꼬리 파르르 윙크를 해요

추근대며 능글능글 수작 걸어오던
그가 잽싸게 출렁
내 안 깊숙이 파고들어요

골을 타고 흐르는 짜릿한 파문으로
절정의 소리 내지를 때마다
멀티오르가슴, 높이
우주까지 쏘아 올려요
무수한 교성의 별들이
우박처럼 쏟아져요

전율하는 순간의 황홀함에
태양의 살점 흩어 뿌린 듯
세상이 온통
붉은 은하로 넘실거려요

회전문 1

번개 빛이 지구를 휘감듯
바삐 돌아가는 세상 틈새에 끼어
길을 잃었어요
궤도 이탈된 인공위성처럼
관성의 힘은 내 어깨에서 튕겨나가
우주까지 팽팽 돌게 하는데요
시발점도 종착지도 모르는
그곳을 향해
곡선 바깥에서 돌고 돌다 보니
어느새
닳고 닳은 시간 위에, 내가
내팽개쳐져 있어요

빠르게 돌고 있는 모든 것들 아래로
어둠이 소리 없이
무덤을 파고 있어요

회전문 2

나이테만큼의 속도로
각박한 어둠의 시간에
노을 같은 길 하나 틔워요

희미하게 지워져가는 낯선 갈림길

사방이 닫혀있는 막막한
절망을 힘껏 밀어 보세요
환하게 열리는 내가
푸르른 깊이로 감싸면요
붉은 태양의 맥박이
힘차게 펌프질할 거예요

당신도 녹슨 자물통
만지작거리지만 말고
그냥 다 열어놓고 살아요

낮달 끝에 걸려 있는 빛바랜 인연의
발자국인 양
풍경 속으로 사라지는 구름처럼
노크하지 않아도 통과할 수 있어요

처서處暑 지나니 1

갈 까브르 갈 까브르
계절을 키질하는
풀벌레 소리

안으로 모아들인
통통
알 밴 가을만
은하에 헹구어서
달빛 마당에 널어놓네

둥글게 돌아가는
세월의 뒤안길에서
반짝이는 푸른 시간
느림의 행보行步로
요리조리 펼쳐보며

늘 까브르 늘 까브르
노릇노릇 잘 말려서
어둠의 그늘 처마 끝에
탱글탱글 달아놓네

처서處暑 지나니 2

향기 부푼 꽃내의 기억이
수놓아져 있는 모시이불 성글어 진다

팽팽하던 날실 씨실 한 땀 한 땀
한여름 뜨거운 숨 밀어 올리며
꽃물 뚝 뚝 흐르더니

어느새
후줄근히 풀기 빠진 몸
닳고 낡은 세월의 구멍
여기저기엔 늦가을
노을에 사윈 꽃잎의
불그레한 흔적만 삐주름히 나온다

고가古家

종로 한복판
홀로 엎드려 있는 절해고도絕海孤島

많은 섬들이 침식당한 뒤
냉랭한 파도가 후려칠 때마다
시름시름 낡아가는 통증을
해안에 좌초된 선박처럼
침묵으로 덮고 있다

어둠이 저녁으로 내려앉는
이끼 낀 시간의 절벽에는
실종된 옛 기억이
따개비처럼 굳어있고

짜디짠 섬 한쪽
한 뼘 남은 그림자만
허기진 냉기로 남아있다

홍시

조심조심
옷을 벗긴다

손가락 끝으로 전해지는 전율
머뭇거리다가
차츰 대담하게
몸을 제압해 가는 입술 속에서
파르르
떨리는 그
부드러운 감촉이 미끄러지듯
혀끝에 감긴다

좀 더
깊고
은밀하게
터질 듯
농익은 몸짓이
더 이상 참지 못하고
내 안 깊숙이
황홀한 속살을 쏟아낸다

온통 붉다!

자동 문

허기진 짐승처럼 발톱을 세우고
투명한 눈을 번뜩이며 두리번거린다
먹이가 나타났다 하면 가리지 않고
덥썩덥썩 삼켜버린다
하루 종일 아귀가 저리도록 쉬임없이
먹어도 채워지지 않는 무서운 식욕

빠른 속도로 밀려오고 달려가는
세상에 휘둘려, 인파人波멀미를 느끼며
파근한 외로움에 홀로 먹먹해질 때
움켜쥔 손이 힘을 잃고 서서히 지쳐갈 때
제 몸통보다 더 커진 고통의 덩어리를
울컥 울컥 토해낸다
현란한 샹들리에 불빛까지 모두
뱉어내면서도 내일의 더 많은
먹이 사냥을 꿈꾼다

매일 먹고 토하는 반복의 시간에서
도시의 사육에 길들여지는 거대한 입의 습성習性
적막에 베이는 불안에 갇힌다

3부

겨울 자락에는

해운대에서

어둠이 하늘과 바다를 다 지웠다
검은 캔버스 한 장만 남았다
검푸른 붓을 거머쥔 파도
백색의 그림을 그린다
등대불빛 한 점씩 끌어올려 먹물 닦아주고
뱃고동 소리 한쪽 모서리에 세워진다

흔들리는 모텔
비틀거리는 만취객
중심 잃은 시간들이 구도를 잡는다

'철썩 처르르'
낙점을 찍던 파도, 무슨 생각이 났는지
캔버스를 당기더니
흔들리는 그림, 지우고 그리고
지웠다간 다시 그리고…

허공을 담은 어둠만 지워지지 않고 서 있다

화이트아웃whiteout*

상가에서 나오자 어둠이 깔린 내 앞에 택시가 섰어
하이빔으로 쏘아대는 헤드라이트에 백시白視가 된 나
두어 시간 전이 하얗게 지워졌어
무작정 차를 탔지

눈 덮인 황량한 벌판에 서 있는 것처럼
기억이 난반사 되며
원근의 감각이 마비되었지
생각의 진액을 쏟으며 내보내는 희뿌연 잔상들
찐득찐득 들러붙어 있는 망각의 얼룩 긁어 보지만
신호가 없었어
아침노을 끝에 매달린 눈송이처럼
의식 끝에서 한순간 반짝이다
녹아버린 시간이 나를 끌고 다니며
안개 속에서 미로 더듬듯 제자리만 맴돌았지

막막한 어지럼증 저편, 물결치듯
내게로 밀려온 전화 벨소리, 말 걸어오는 장례식장
검은 상복 사이로 오래된 안부 오가며
웃음이 비죽이는 풍경 속에서

타고 갔던 자동차가 떠오르더군

끊어졌던 시간의 테잎 한 땀 한 땀 이어지며
껌벅거리기만 했던 기억의 쵸크 점화되었지

* 심한 눈보라와 눈의 난반사로 주변이 온통 하얗게 보이는 현상

소리의 딸국질

설한雪寒의 고비에서 과부하에 시달리는
보일러
불면증으로 빨갛게 충혈된 눈들이
10여 년 낡아버린 세월을 꺼내놓는다

지치도록 같은 길만 반복 돌다가
어지럼증에, 휘청
바람의 마디에 걸렸다
횡격막 사이로 피멍든 시간이
경련을 일으키며 휘어지고 있다
마비되어가고 있는 기억의 센서
명치끝에서
깔딱거리는 신음소리

어둠의 목젖을 헤집고
적막한 허방에서 떨고 있다

후 — 불면不眠

창틈에서 떨고 있던 어둠이
건조한 시간을 빙글 돌린다

모래든 듯 까끌거리는 눈알
허공을 훑다가 천정 모서리에서 멈추고
이마엔 신열 토마토 빽빽이 열린다
방울방울 토해내는 시뻘건 통증이
둥글게 몸을 말고 초침을 씹는다

목숨끄트머리에서 아버지의 유전자 들락거리며
계절의 골짜기마다 떠도는 어지러운 기억들
선득선득 가슴을 가르고
난타의 막 박자로 검은 정적은 괴성을 지른다
난자당하는 내일의 꿈
바람의 울음 털며 들까불들까불댄다

갈등의 순간순간 튕겨져 나가는 잠의 꼭지
좌우로 돌려 보지만
허옇게 날 새는 침대
헛돌기만 한다

키스 미 케이트kiss me kate*

인생은 연극이라는
말이 감겨있는 실타래에서
사랑을 풀어내고 있다

깜박이는 음표로 춤을 추다가
얽히고설킨 매듭에 걸린 그들
당기고 밀고 끊어질듯
아슬아슬 고비에서
스르륵 한쪽이 느슨해진다

조화造花 같은 얼굴로 꿈을 꾸는
그녀의 화음이 거꾸로 매달려
느린 곡선으로 추억을 긁어댄다
말랑한 입속엔 독 오른 뱀처럼
송곳니를 키웠던 불온한 연애
달콤한 리듬을 따라
바닥으로 미끄러지며
어두운 그림자의 손을 잡는다
먹이 좇는 악어처럼
다가오는 그와

밤마다 키운 달을 갉아 먹는다

표정 잃은 무대에서, 절름거리는 춤은
나뭇가지에 걸린 연처럼
펄러덕 펄럭 허공을 휘젓는다

사랑의 저울에 올려진 고통의
매듭은 더욱 옥죄어가고

* 세익스피어 원작 '말괄량이 길들이기'를 사무엘스펙웍과 벨라스펙웍이 각본,
  콜퍼디(Cole porter)작사 작곡한 뮤지컬로, 2010년 7. 9~8. 14 국립극장 해
  오름극장에서 공연함

도시의 상공*

어둠의 숲이 창으로 내려오면
하늬바람**의 등을 타고
그의 품에 안겨 하나가 되지
태양을 꿈꾸며 내일을 찾으려고 속력을 냈지

꽁꽁 언 겨울 하늘가, 미끄러지듯
초록을 삼킨 회색 콘크리트 지붕 위를 날았지
허공의 뼈들이 머리를 들이받기도 하고
시샘하는 밤안개가 시야를 빼앗기도 했지
세월의 갈피마다
세파의 소용돌이에 휘말리며
부딪히고 긁힌 마음은 상처투성이
나는, 어느새 낯선 사람이 되어 있었지

알듯 모를 듯 기억의 회로를 더듬어가니
어렴풋 떠오르는 푸른 길이 보였지
사춘기 소녀의 통통 뛰는 가슴을
사로잡던 동화 속의 사랑이
추락하기를 거부하던 어느 날

검게 그을린 음습한 탄광촌 지하 단칸방엔
황색 불빛이 시름시름 졸고 있고
거리를 방황하던 피곤한 신혼의 꿈이
찌그러져 누워 있었지

도시는 온통 잿빛 구름으로 칠해져 있었고

* 마르크스 샤갈의 대표작이라 할 수 있음
** 하늬바람 : 북풍

황학동

필요 없을 것 같은 필요들이
오밀조밀 달라붙어
잊혀져가는 시간을 근근이 잡고 있다

못 가져도 만족스럽던
골동품 같은 세월을 팔던
옛 추억이 여기저기
널브러져 있는 폐선엔
오래전 내걸었던 백기가
잿빛 소음을 감고 있다

과거와 현재와 미래가
남루한 존재감으로
밭은 숨을 몰아쉬며
밤의 밀집을 채워 넣고 있다

가혹한 표류의 속박에
정겨운 목소리들이 부러져 나뒹굴고
'희미한 옛사랑' 을 울고 있는
'황혼의 엘레지'

길 잃은 뽕짝만 신음처럼
방황하고 있다

영정사진에 핀 꽃

죽은 자를 위하여
죽은 내가 제일 먼저 부음을 듣고
새벽길을 달려간다

박제된 시간 속에 갇힌 그가
마지막으로 산 자와 엉켜 있는 동안
꺾어진 나의 삶은 바탕화면이 되어
사흘 살이 웃음을 흘리고
그가 놓고 간 해묵은 이력은
입과 입으로 날아다닌다

피둥피둥 산 자의 검은 울음과
진액을 소진消盡하는 새하얀 웃음이
맞닿는 그곳에서
이승의 찰나를 들여다 본다

날빛보다 더 밝은* 곳으로 간다는 그의 길에
먹보다도 더 검*어지는 나의 시간이 뿌려지면
하얀 그늘이 그의 그림자를 끌고 사라진다

* 찬송가 중에서 한 구절씩 인용

어느 화가의 그림, 콩

얼마나 많은 말들을 과식했는지
팽창된 내 안을
왈칵 쏟아 버리고 싶던 어느 날

싱크대 위에 놓였던 그릇이, 쿵쾅거리던
팔길질에 채여 콩들을 와르르 쏟아낸다
사방팔방 튀는 콩들과
트림으로 나온 시큼한 후회가 섞인다
후미진 구석구석 이리저리
구르다가, 벌레처럼 꼼지락대다가
존재와 여백의 사이에서 한 점으로 정지된다

차마 세상 밖으로 내보낼 수 없어
오랜 세월 꽁꽁 가두어 놓은 말들이, 거기서
들릴 듯 말 듯 잉잉거리는 울음의 발자국으로
고통에 갇힌 영혼의 신음으로
새까맣게 뭉쳐 있다
화석처럼 단단해진 시간 속에서
날카로워진 생각들이 뼛속을 찌른다
핏줄을 훑고 심장 박동을 울리며
퍼렇게 멍울진 기억의 비상벨을 누른다

성내역*에서 잠실역

지금까지 나를 밀고 오던 이승의 빛은
지하의 경계에서 굴절되고
땅속으로 깊숙이 잠입해 들어가는
속도가 나와 세상을 갈라놓는다
지구의 이편에서 저편으로 관통하는 중간 지점
지렁이같이 꿈틀거리며, 보일 듯 아른거리는
하나의 빛이 안부를 안고 달린다

불빛을 치켜든 어둠은
그림자 한 자락 같은 현세를 끌어다
졸음의 정수리 은밀한 감각 위에
포개어 놓고 있다
인파 속에서 둥글게 말리는 빛의 소리들
이승에서 젖은 나의 등 뒤를 빗질한다

새로운 세상이 엇갈리는 시간의 모롱이에서
속절없이 노을 속으로 들어가던 아픈 기억이
내 영혼을 흔들어 깨우며
덜컹거리는 이정표 앞에 서 있다
머뭇거리다가

꺾이지 않는 좌회전으로 내 삶의 핸들을 꼭 잡는다

* 현재는 잠실나루역

무릎에서 물을 뽑다

언제부터였는지
안으로 안으로 품고 썩혀온 속앓이
맵싸한 겨울이 털썩 주저앉힐 때도
썩은 나무 계단처럼 삐걱거리는 통증을 뱉어낼 때도
미련한 인내로 묵살하기만 했지
명절증후군 밀어닥쳐
봇물 터지듯이
샛노랗게 질려버린 너의 속내

오금이 저리도록 꿇어 엎디어야 했던
주굴주굴 구겨진 시간들
평생을 달려온 길들이
헝클어진 실타래처럼 엉겨 붙어
와글거리다 과부화가 걸렸나 보다

뼛속을 울리는
붉은 경고에
퍼지지 않는 날들
맥없이 주저앉아
찔 뚝 찔 뚝

넘어지는 연습

롤러스케이트 타는 아이들
무릎을 꿇고 단단한 바닥에 복종하는 것이
튼튼하게 일어서는 힘이라는 걸 배우고 있다

잘 넘어지는 방법을 몰랐던 나

종종걸음으로 우회하기도 했고
바닥에 반항하며 버팅기기도 했다
엄동설한嚴冬雪寒, 바닥은
서려고만 했던 내 삶을 공격해 왔다
너 죽어 본 적 있니
번쩍 허공이 깨어지고
무의식을 빠져나간 혼이
텅 빈 관 속으로 절뚝이며 걸어갔다
좌우를 잃은 목, 푹 휘어진 척추
제각각 널브러져 기형이 된 몸뚱이만
신음으로 펄럭였다

하루치의 목숨, 그 누런 고집이
단단한 바닥을 치며
시간의 내리막으로 굴러 가고 있었다

금동 못신

어둠이 두께를 더하며 바짝바짝 조여온다

냉과리가 된 뼛속 울음이
구불구불 깔려있는 천길 벼랑 끝
저승병사와 맞서 싸운다

이승에서 차마 떨치지 못했던
그믐달 같은 미련의 끝날
칼이 칼을 부르는 공포 속에서
꼬이고 뒤엉킨 미로를 자른다
아득한 울발라* 골짜기에 묻혀있던
투혼의 세월이 일어선다

찢기고 휘어진 몸통 들어올리고
얼기설기 감겨있던 저승의 흔적을 닦는다
누렇게 빤짝
광을 내며
죽음이 해체되는 순간

천 년 한이 조용히 눈을 뜬다

.

* 올발라utpala : 불교에서 말하는 팔한 지옥의 하나, 찬 기운이 몹시 심해 몸빛
  이 청색으로 변한다는 지옥

방심하다가

얼음폭탄, 영하의 바리케이트가 지키고 있는 줄 알았는데

불시에 쳐들어온 냉혈의 음속音速
얼어붙은 어둠을 뚫고
날카롭게 공격을 한다
적벽대전 화살 쏘아대듯
잠의 몸통에 사정없이 꽂힌다
뜨거운 혈맥을 찾아
몸부림하는
미치도록
집요한 독침의 오기에
고슴도치처럼 몸을 말고
하얀 밤을 굴린다

뎅기열* 환자처럼
너덜너덜 찢어지는
신음에
구급의 새벽이 달려온다

더듬더듬 잠의 심장을 풀어낸다

해바라기처럼

인파로 출렁이는 보도 위
어지럽게 흩어지는 발자국들 틈새로
태양을 축으로 한 그가
납작한 몸짓으로 팽팽히 원을 그린다

구부러진 삶을 쭉 펴고 싶은 간절함이
새까만 고무다리 안에서
너덜거리는 시간을 단단히 동여매고
원주圓柱를 잡아당긴다

쨍그랑
겨우 허기를 면하는 동전바구니를 밀며
찬송가의 쉰 소리는 낮고 구석진 곳으로만 흐른다

지금까지 살아 온 흔적을 길게 끌며
하루를 접는 그의 머리 위로
세상을 흘겨보던 노을이 노랗게 걸려 있다

4부

또
다
시
봄

냉이꽃

조등弔燈처럼 흔들리는 오솔길
내 유년을 키웠던 할머니의 눈물 밥이
하얗게 끓고 있어요

할머니 가슴에 통증으로
박혀 있던 바늘 같은 나

할머니의 장죽長竹에서 올라오는
아리고 쓰린 한숨이
굽은 등 위로 어룽지다가
맵싸한 그믐달의 뒤꿈치를
휘감곤 했지요

수만 개의 바늘이 타고 도는 내 핏줄 속으로
꽃 진자리의 아픔 같은
할머니의 주름진 세월이
겹겹의 물결로 굽이치고 있어요

미스터리 셋팅Mystery Setting*

한 송이 꽃을 피워내는
그녀의 생은 완벽하지요

그녀의 옆구리로 흐르는
혈관을 열고 붉은 씨앗을 심었어요
핏빛 엽맥葉脈을 딛고 아메바로 꿈틀대던
세포에서 잎이 피었어요
흔들바람이 찌근거릴 때마다
온몸으로 부둥켜안으며
삶의 나사를 바짝 조이곤 했어요
뜨거운 피톨 끝에
꽃잎이 곡선으로 열리고, 꽃술은 등燈을 달고
소리를 냈어요
퐁퐁
터지는 꽃들이 부시네요

그녀의 향취를 쟁여둔
입체의 또 다른 삶이
여러 연년連年 잇대어져
숨쉬고 있어요

* 미스터리 세팅Mystery Setting : 보석 세공기법의 하나로 쥬얼리의 표면에서
  보았을 때 원석을 지지해 주는 금속의 발 물림이 전혀 보이지 않도록 세팅하
  여 쥬얼리 이상의 가치를 가지고 있는 예술작품

싸랑부리*

모태에서 얽히설키 사방으로 뻗어나간
쓴 뿌리,* 그 속으로 기어들어갔어요

메마른 바람이 웅숭그리는 막다른 골목길
헐벗은 동공에 매달린 아비라는 낯선 이름이
희미한 형체로 다가와
아칫거리는 나를 용골대질해댔어요

어둠을 조금씩 뜯어내던 검은 갈고리손이
숨통을 조여 오며 욱지르는데요
버둥칠 때마다 섬뜩한 금속성의 굉음이
발끝에 닿았지요
그림자 꼬리 같은 생生의 줄
잡힐 듯 밀려가고, 안간힘 쓸수록
벼랑으로 내몰리더군요
힘없이 주저앉는 창백한 시간
도서지도* 못하고
휘청거리는 탯줄에, 휘감기던
울음이 쓰디쓰게 데쳐냈어요

미궁에 빠진 보난자그램*처럼
공허로 떠도는 사랑의 입자들
산산이 흩어져
우주미아가 되었지요

* 씀바귀의 별칭
* 쓴 뿌리가 돋아서 괴롭게 하지 말라 (성경 히브리서 12장 15절)에서 따옴
* 도서다 : 해산할 때 태아가 자리를 떠서 돌다
* 보난자그램bonanzagram : 퀴즈의 하나 군데군데 빈 칸이 있는 문장을 주어진
  힌트에 따라 추리하여 메꾸어 완전한 문장을 만들어 원문과 일치하게 하면 정
  해正解가 됨, 추리작문

개나리꽃 속으로

기다림도 한쪽으로 깊어지면 악기가 되나 보다

바람 잘날 없어
뼛속까지 쑤시던, 오랜
조급증의 날들
노랗게 벗겨낸 자리
스르릉
팽팽한 시간의 현絃이 숨을 조율한다

지구의 축 한쪽에 감겨있던 앞바람*
너를 향해 현을 탄다
꽃의 문을 열고
여백으로 출렁이던 색의 음표들
구름 위에서 가슴 뛰던 선율이
불안을 뒤척이며
낮은음의 레가토**로 흐느끼면서
별박이***처럼 나푼거린다

대지의 바깥으로
길게 이어지던 풍경의 악보

갑자기 너를 놓치다

내 꿈의 비명
풍선처럼 터지는데

* 앞바람 : 남풍
** 레가토legato : 바이올린 오른손연주로 음과 음 사이를 부드럽게 연결되도록
　　연주함
*** 별박이 : 썩 높이 오르거나 또는 떠나가서 아주 조그맣게 보이는 연鳶

바람을 팔아요

허공 높이 촘촘한 그물망을 띄워요
잡아들인 바람은 부위별로 잘라서
팔아요

제일 먼저 불면不眠의 눈을 떼어내지요
세상을 뒤흔드는 힘이 있어 잘 다루어야 해요
전용용기에 보관했다가 특정인에게만 팔아요
머리는 제일 싸나 인기가 별로 없어요
골빈 사람들만 사가니까요
엎드려도 잘 부푸는 허파가 제일 비싸죠
미리 예약을 해야 살 수 있어요
매연煤煙 끽연喫煙에 구멍이 뚫리거나
허파 잘린 사람들이 많거든요
그 다음에는 간이 잘 팔리죠
황퇴 명퇴로 간이 졸아드는 사람들이 많다네요
요즘 아내들은 쓸개를 잘 사가요
회사에서 눈치작전에 어눌해진 남편들 때문이라네요

22세기를 향해 진화가 제일 빠른 팔다리는
판매 금지 품목인데요

암거래가 점점 늘어난다는군요
어쩐지, 바람 들어
인터넷을 날아다니는 남녀가 부쩍 늘었다고
요즘 팔다리에만 필생의 힘을 쏟아 붓는다고
어느 날 뉴스에서 들은 기억이 나네요

아, 재고 싸인 싸구려 머리통이나 몇 개
폭 고아 몸보신이나 할까 봐요
나는

오줌 누는 여자*

참방 참방 그녀는 엉덩이 위로
바닷물을 끌어 당겨요

여자로 조립당하던 강박에서
벗어나는 순간
그녀의 붉은 꽃잎이 하강으로 열리며
현기증 아찔하게 절정을 쏟아요
하얗게 제 몸을 부수며
그녀는 그에게로 스며들어요
팽팽해진 물의 살
무릎을 감는 뜨거운 리듬
고요의 뿌리까지 흔들어요

흰 눈처럼 반짝이는
첫사랑 같은 둥근 시간
가만 가만 굴려요

모르는 척, 파도는 늠실늠실
바람을 흔들며 윙크해요

그녀의 입꼬리 샐쭉
허공이 끌어 올려요

* 피카소의 엽기 그림 중 한 작품. 바닷물 위에서 오줌 누는 여자를 그린 그림

썩소* 1

불 품은 냉가시 삼킨 입속에서
그의 부푼 시간 우물거리며
화살 하나 만들어요
초오草烏** 갈아 촉끝을 벼리고
고양이 울음 같은 눈빛을 칠해요
섬세한 떨림의 과녁
영원한 약속 그 심장을 겨냥해
활시위 팽팽히 당겨요
퍼렇게 날 서는 침묵 자르고
선득한 공허로 박히는
남루한 컴플렉스

흰 눈처럼 반사되는 잇 사이로
아찔한 빙하기
지나가는 순간이죠

---

* 입꼬리를 위로 올려 웃는 모습, 썩은 미소의 준말
** (바곳, 투구꽃) 미나리아재비과 식물, 식물의 독 중 가장 강한 것으로 알려
  졌으며 아메리카 인디언들이 독화살에 바르는 독으로 많이 쓰였다고 함

썩소 2

남산타워 출입금지 구역에 매달린
사랑의 자물통들

요지부동 영혼의 약속이라며
절대의 힘이 지킬 거라고
믿은 너희들
곤두박질치며
추락하는 순간엔 알게 될 게야
이미 녹슬어 부석거렸던 시간
환멸로 꼬깃꼬깃 접었고
장맛비 봇물 터지듯
왈칵 터지고 싶었던 세월이었음을
다만, 잠들지 못하는 도시의 캔버스 한 귀퉁이에서
지워지지 않는 배경으로 남아 있었을 뿐이라고
대형 펜치의 입, 그들을 자르면서
묘하게 한쪽으로 일그러졌지

하늘의 입도 허공 한 끝을 감아올리며
묘하게 실긋거렸고

미소微笑 1

이카로스*날개에 기생하던
울음이
태양의 얼굴을 비비며 녹아내린다
몇 광년의 기억을 더듬으면서
지구 한 귀퉁이에
빛의 씨앗으로 심어진다

스핑크스의 비밀처럼
쓸쓸히 묻혀있던
갈등의 단절음이
어둠의 갈피를 헤집는다
지루한 기다림을 웅얼거리다가
좁은 문을 통과한 성자처럼
붉은 입술 위에서
꿈의 빛깔로 떠돌다

허공의 향기를 흔드는
고원금** 현의 울림으로
보일듯
들릴듯

천상의 모습인 듯
다가온다

* 이카로스Ikaros : 그리스신화 중의 한 인물 다이달로스의 아들, 아버지와 함께
  백랍白蠟으로 만든 날개로 날아 미궁迷宮을 탈출하여 태양에 접근했다가 날개
  가 녹아 이카리아 바다에 떨어져 죽었다 함
** 고원금古猿琴 : 천 년된 오동나무로 만들었다는 거문고, 그 울림이 심히 신묘
  하여, 병이 든 자들이 그 가락에 귀를 적시면 병이 낫고, 사나운 짐승들도 그
  소리 앞에서는 양처럼 유순히 누그러졌다고 하는 신비의 악기

미소微笑 2

아흔 해 어머니
90일 아기로 누워 있다

그믐처럼 캄캄해진
고목의 뿌리를 연다
바스락거리는 소리를 더듬는다

마음의 평수를 넓히며
생명의 버팀목이었던
그곳
빈집 벽지처럼 오래 쩔어 든
고통의 흔적이
마블링처럼 서로 뒤엉키면서도
혼신의 힘으로 피워내는
누런 꽃 한 송이
솜구름 사이로 뒷걸음질치는
저녁노을처럼
흐릿하게 비어져 나온다

검은 숲에서

전설처럼 떠도는
꽃잎의 한 호흡
쓸쓸하게 지나간 자리
말긋말긋
둥근 빛깔이다

세라워크*

세상이라는 팔레트에
너와 나의 색깔로 그린
한 폭의 정물화

고열의 혼 불에
각인되고픈 나의 소망이
껍질을 갓 깨고 우화를 꿈꾸는
나방의 젖은 날개처럼 파닥인다

너의 심장에서 꽃들이 터지면
과거와 현재를 비끄러매는 명암이
또 다른 영상으로 겹쳐지고

세월의 빛에 누렇게 들뜬
기억의 부스러기들 모아
우리의 시간을 모자이크한다

* 세라워크cerawork : Hand painting 도자기. 수작업을 통해 문양을 표현하는
새로운 도자기 공예문화

무당벌레 한 마리

지구를 먹고 살아온
서른둘의 탱탱한 그녀
알록달록 화려한 무늬와
단단한 껍질의 이력이
보호막이 되는 줄 알았지
힘껏 날 수 있다는 자만심의 날개 사이에
누군가 불온한 알 하나 슬어놓고 가더군

그녀는 제 안에 죽음이 둥지를 트는 것도 모르고
순간순간
황홀한 시간 속으로 빠져들고 있었지

비탈로 내리닫는 생의 절개지에선
죽음을 깨고 부화하는 또 다른 생명이
비상을 준비하고 있었지

거칠게 내뿜는 차가운 숨결
검붉은 심장 토해내며 서서히 무너졌지
우주의 한 지점에서
심장의 박동이 서로 뒤바뀌는 순간이었지

연리목連理木

둘이 하나가 된다는 건
사랑의 길목에서 만나는 지독한 통증이다

너와 나 사이를 수없이 왕복한
가뭄과 홍수와 바람 그리고
빛을 빼앗긴 어둠의 시울*에서
소리도 닫히고
네게로 흐르는 수액만 머뭇거리고 있었다

밀어내고 부딪히던 시간을 잘라내고
마음을 갉아먹던 불협화음의 껍질도 벗겨냈다

상처와 상처가 포개어지고
연한 속살에 이식된 너의 세포가
부글거리며 하나로 이어질 때
부름켜로 안아주던 물줄기가
우리의 등 푸른 나날을 저장하며
단단하고 넉넉한 두께로 자라갔다

우듬지까지 힘겨운 나날을

펌프질하며
북풍으로 다져지는 가지들
그림자의 영역을 점점 넓혀가고 있다

* 시울 : 약간 굽거나 휜 부분의 가장자리

봄볕 한 컷 1

묵은 겨울을 빨아서
창틀에 널어 말린다

냉랭하고 메마른 기억 속에
인화되었던 회상의 무늬들

시린 통점 안으로
옹그렸던 시간의 맥박이
햇살의 실핏줄을 통과하면
바람의 둥근 손 안에서
풍경이 된다

봄 숨을 깊이
들이마시는

벽화 한 장

봄볕 한 컷 2

잔디밭 비둘기들
배를 쭉 깔고 엎드려
햇살책 펼쳐놓고 있다

바람 한 장씩 넘기면서
부리로 콕콕
허기진 시간에 밑줄 그어가며
삼매경에 빠져있다

오후의 책갈피 사이로
생각이 생각을 비비대는
고고孤高의 날갯죽지 접으며
햇살
독서 중

해묵은 겨울이 파르라니 벗겨지고 있다

자목련

떨어지나
사라지는 것은 아니네

빛바랜 그녀의 향기가
햇살받이로 스러지며
영원의 침묵으로 잠기는 길목

뜨거웠던 날들이
화려한 고통으로 시침질되고
꽃잎 앉았던 자리엔
핏빛 아픔으로 밀어 올린 잎들이
터져버린 그녀의 삶을 기워주고 있네

퍼석한 바람 안고
허공에 제 몸을 끼워 넣는
메마른 꽃잎 한 장

곡선의 통로를 읽어가며
아래로 아래로
스며들고 있네

5부

그리고 나의 계절

요가를 하면서

나를 축으로 하여 우주를 돌린다
태양의 들숨이 나의 에너지를 축적해주고
은하의 날숨이 일상日常의 바퀴를 굴린다

뼈마디 마다 굳어있던 연륜의 석회질 풀어내고
견골에 뭉쳐있던 자존심도 조금씩 내려놓는다

잡음으로 헤벌어졌던 귓바퀴에
벌레처럼 붙어있던 말, 말들 탁탁 털어내고
유혹의 불빛 속에서 두리번거리던 눈동자
단전으로 모아 내 삶의 중심에 초점을 맞추어본다

손가락 사이로 헛되이 새여 나갔던 시간들
한순간씩 잡아당긴 후
예순 갑자 삶을 담은 머리통을 두드린다

공명되어 돌아오는 소리
통 통 통

시간의 단층斷層

우연히 펼친 2학년 때의 성적표
병결 90일의 선명한 숫자 위로
스올*의 뱃속까지 내려갔던 길이 보였다

아버지의 등에 업혀 그믐달로 들어가던
그 봄날,
싸늘한 생사의 여울이 굽이치는
낭떠러지로 수직하강하며
의식의 불이 꺼져가는
어둠 속으로 구르고 있었다

검은 태풍이 휘몰아치며
나를 향해 질주해오고
휘어진 늑골 사이로 주린 짐승 같은
박쥐의 울음이 달려들었다
헬륨풍선처럼 떠오른 허공에선
바람에 흔들리던 나무들이 거꾸로 돌고
검은 고양이 떼가 머리 위로 날아다니던
어지러운 통증이 날을 세우고
뒷덜미에 꽂혔다

살아 꿈틀거리는 기록이 섬뜩하게
기억의 심장을 가르고 있다

일편단심一片丹心

어머니 생전엔 울 밖도 모르고
치맛자락 졸졸, 웃음으로 따르던
라일락 한 그루

여러 해 지나도록 혼자만 왔다가는
계절의 뒷덜미 잡아당기다
시름시름 지친 기억

앞산 배롱나무 붉은 손짓 바라보며
빈집 가득 들어앉은
수만 포기 슬픔을
제 그늘에 키웠네

기나긴 기다림을 우겨넣다가
질투심에 미쳐버린 노대바람* 끌어안고
탈진하여 넋 놓고 누워버렸네
녹슨 대문 밀치고
마지막 힘 다해 팔 벌리더니
꺼이꺼이
보랏빛 눈물로

따라가고 있었네

어머니 가신
오월 길을 어찌 알고

어느 날의 일탈逸脫

입술을 타고 쉼 없이
동동 떠오르는 수다 속으로
목젖까지 꽉 찬 스트레스 덩어리들
녹아내리고 있었지

귓속을 간질이던 작은 벌레들
구멍뚫는 소리 들렸지
시계추처럼 오가던 길들도
오늘따라 낯설게 따라왔지
고요에 지친 지평선 위엔
총알 같은 빗방울이 계획에 없던
시간을 조준했지
쇼윈도우 마네킹처럼
제자리밖에 모르는 삶에
기생하던 기다림이
발끝으로 어른거리며
푸른 밤을 가로지르는 거야
오래 묵은 슬픔이 제 무게를 잃고
떨어지는 순간
바닥은 더 이상 내려가지 못하고

그늘로 눕는 거지

하루의 발목을 잡고 흔들던
슬럼프
먼지처럼 가라앉고 있었지

항해 1

작은 사각 창에 드러난 바다에는
항해사도 없는 쪽배 하나, 요란한
생명음音을 토하며 논스톱으로 항해를 한다
이만 헤르츠 이상의 음파 군단이
미세한 촉수를 날카롭게 그어 대며 나를 추격한다
60여 분의 추적으로 몇십 년 동안 묻혀 있던
일급 비밀 정보들이
번데기 실 뽑듯 풀어져 나온다
항해속도 불규칙함, 에너지조절 요망됨
항해기간을 연장하는 데 필요한 지령이 내려지는 순간

나를 되짚어 돌아보니, 마모되어가는
헐거운 왼쪽 가슴이 덜컹거린다
유비무환有備無患
후회가 심장 삼키는 소리

항해 2

온몸을 바다에 묻고
가슴 가득 출렁인다

거칠 것 없이 나아가는 빗방울
다소곳이 기다리는, 넉넉한
바다로 가기 위해
돛을 올린다
열정으로 끓어올라
하나가 되기 위한 정점을 찾는다
바다 깊이 내리꽂히는 쾌감으로
리드미컬한 악보를
그리며 노를 젓는 그
격정으로 튀어 오르는 파문
하나가 둘이 되고 둘이 하나가 되는
그리하여, 철철 넘치도록
주고받다가
밖으로 뿜어지는 신음소리

항해 3

미지의 섬을 향해 떠난다

멀리서 종소리로 다가오던 파도
삽시간에 성난 사자처럼 으르렁대며
나를 삼킨다

굉연轟然 속에 갇힌 몸, 구석구석
수색당한다
얼룩으로 주름진 데이터가 열리고
수상한 비밀암호들 속속들이 풀어낸다
검붉은 세포마다 버리지 못한 욕망이
잠식해 써걱거리고
아랫배 상처의 자국에선
핏빛 통증이 슬픔으로 되살아난다
나태와 소홀로 흘려버린
시간의 보복이 골수마다 꺼멓게 쌓여있다 *

끼우뚱 세차게 흔들리며
수평선에 떠밀려
가뭇없이 표류되는 나

불안한 내일의 숨결 끝에서
비틀거린다

거울 앞에 서면 어머니를 만난다

베란다 구석 차지한 묵은 쌀독처럼
빼곡히 채워진 적막과 노닥이며
여자로부터 한 발 물러선
그녀가 걸어 나온다

세상을 향해 내뿜던 눈빛도
카랑카랑하고 꼿꼿하던 시간도
반사각에서 푹 꺾여진다

5도쯤 안으로 휘어진 새끼손가락
약지의 반에서 기웃거리다
아귀차게 꽉 잡지 못해 기회 놓친
회한의 삶
기울어진 아픔을 대물림하면서

말의 허기를 채우지 못해
입김 축축한 수화기 너머, 삭정이 같은 손으로
손사래 치며
점점 작아지다가
소실점 밖으로 나가는

그녀

거울 안쪽
어머니와 공유하는 시간의 품 안에서
나는 늘 복사되어진다

소용돌이

상처만 남은 서른 살 갈등이
어둠을 두르고 묵묵히 돌아섰던,
사거리 한 모퉁이에서
기억 한 조각 주워든다

켜켜로 쌓인 세월의 먼지 털어내니
물굽이 속으로 부글부글 끓는
시간의 소리 들린다
상처 뜨겁게
휘돌던 격정의 순간이
수만 갈래로 굽이치면서
퍼렇게 멍든 슬픔의 포말이
우렁우렁
울음을 토해 낸다
여울로 소금섬을 끌어내듯*
아픈 한 끝을 잡아당기며

늙지도 못하는 그림자 하나
수심愁心 깊이 어른거린다

*속담 인용

내 안에 내가 세 들어 산다

가스 불을 껐나?
불안과 안일한 합리화로 갈등하던
네 시간 동안
김치찌개의 새까만 주검을 안은 냄비는 헐떡거리고
소태처럼 쓰디쓴 공기는 온 집안을 점령하고 있었다

마음이 쩍쩍 갈라지며
속이 타는 소리가 들린다
뼈마디가 부서지고 기억이 무너지며
의식이 떠나는 냄새는 허공을 떠돌고
몸을 뜨겁게 달구던 불꽃은
가쁜 숨을 몰아쉬며
한 조각씩 나를 지워 가고 있었다

남몰래 숨겨둔 불륜을 들킨 것처럼 불안의 목이 탄다

어제의 나는 문밖에 세워 두고, 오늘의 나는
검은 연기 끝에 매달려 있다
불꽃에 먹힌 고통이 온몸으로 번지고
전신을 휘감는 회한이
울음의 등에 꽂힌다

요실금 앓는 그녀

짭짤한 비금도 바람 몰고
우리 집 다용도실로 왔다

팽팽하게 햇살을 당기며
바다를 뻘로 끌어 들이던
카랑카랑한 성깔이 차츰 사그라지고
희고 반짝이는 한 덩치 고집의 무게로
버티고 있는 그녀의 아랫도리
폭 삭은 시간이 흐린 잠을 앓으며
어슬렁어슬렁
저 건너 세상을 향해 기어가고 있다

주름진 골반 사이로 덧 대인 부표附票 위엔
잠시 머물다 갈 삶의 이력이 짠하게 읽혀지고
길게 누워 있는 저녁놀은 그녀의 나이테 안으로
꾸역꾸역 어둠을 들여 놓고 있다

디지털 록Digital lock

둘만의 은밀한 밀어로
그의 가슴을 꾹꾹 누른다
밝은 컬러링으로
오르가슴을 튕겨내던 그가
어떤 몸짓에도 불감증이다

미로 같이 얽혀 있는 통로
주파수를 잃고
난해한 그의 데이터를
해독하지 못한 채
문밖에 갇혀 있는 나

밀실에서
뜨거운 전류로 통과했던 시간들만
캄캄한 벽을 더듬으며
평행선에 걸려 머뭇거린다

앙증맞은 우주인 1
-9개월 연우

우주선에 오른 지 9개월 된
우리 아가, 탑승 적응 훈련 힘겨워요
잡힐 듯 잡힐 듯 튕겨져 나가는
생명의 키
젖병을 잡기 위해 선실을 기면서
혼신을 다해 내지르는 함성은
선상 안의 숨결을 가파르게 하지요

허물만 호르르 남겨놓은 매미처럼
껍질만 남은 세월 속에서
고통의 핏발 세우며
쏟아놓는 우주순환

수수만년 잇대어 힘차게 뿜어 올리는
오색 빛 잘그랑거리는 무지개이지요

앙증맞은 우주인 2
 -두 돌 연우

앞니 여덟 개로 오물거리는 멜로디
찰랑찰랑 우주선 가득 채운다
뚱뚜해 히쭉히쭈
설익은 발음
반복되는 말마디에 여러 곡 실린다
곰 세 마리 한 집에 있어 춤추고
토끼 깡총, 개구리 폴짝 끌려나와
비행고속 리듬을 탄다
졸음 쫓던 운전대 엄살 접고 깔깔 까르르
의자 큐션 통통 두드리고
등받이도 흔들흔들 장단 맞춘다

동글동글 구르던 음표조각들
햇살오선지에 매달려
파르스름한 봄볕을 달린다

시로 결실을 맺어가는 삶

문효치(미네르바 주간)

지하선 시인이 첫 시집을 낸다. 인고忍苦와 노력으로 얻는 결실이다. 그가 시공부에 입문해서 오늘에 이르기까지 지켜 보아온 나는 그가 얼마나 피나는 노력과 열정의 소유자인가를 안다. 어떤 때는 링거를 꽂은 채 교실에 나타난 적도 있었다. 시공부에 대한 집념과 의지가 하늘을 찌른다. 어떤 이는 의욕이 곧 소질이라고 했다. 그 말대로라면 지 시인은 시에 소질이 매우 많은 사람이다.

실제로 그의 시들은 모두 가편佳篇들이다. 짜임새 있는 구성, 압축된 표현, 사물을 꿰뚫어 보는 관찰력, 폭넓은 상상력 등이 그의 시를 이루는 중요한 요소들이다.

시란 경험을 바탕으로 새로운 세계를 구축하는 작업이다. 그렇다면 인생을 살만큼 살면서 축적된 경험들이 그의 시를 매우 풍성하게 해 줄 것이다. 들은 바에 의하면 소녀시절에 이미 죽음과 저승을 경험했다고 한다. 이러한 극한적 경험을 비롯해서 청년시절 결혼시절 자녀의 출산과 양육 그리고 성혼을 시키는 일까지 인간으로 겪어야 할 경험들을 모두 섭렵한 터다. 그의 시가 매우 다양한 내용을 거느리고 있는 소이이다.

그러나 그의 시는 경험을 경험 그대로 기록하는 데 그치지는 않았다. 경험의 저장창고에서 그때 그때 필요한 자료를 선택해서 서로 합성하고 연합하여 새로운 경험으로 재탄생시키는 작업을 해왔다. 이러한 작업이 그의 시를 강하게 만들고 있다. 시로서의 자율성과 생명력이 넘치는 것은 그런 까닭이다.

　　　　신열로 쨍강거리는
　　　　삼각 프리즘 속에 누워있어요

　　　　빙글 반사되는 언어의 색조각들
　　　　삼각뿔을 세우고 통점을 찔러요
　　　　고통이 쏟아지는 침묵의 심장
　　　　어디쯤
　　　　주춤주춤 멈칫거리다가
　　　　시그렁 시그렁
　　　　쏠리고 흩어지고 다시 몰리는
　　　　색색의 소리들, 핑그르르 돌아요
　　　　바삭 바삭 단내 나는 갈증이

어수선한 궁상 속으로 **빠져** 들어요

몸부림하는 시간의 벼랑에서
시작과 끝이 뒤죽박죽 헝클어지며
오망부리되는 몸의 언어들
결빙의 저녁놀, 눈보라치는
허공의 뇌 밖으로 떨어져요

—「오리무중五里霧中」 전문

사물을 감각적으로 수용하는 능력이 대단하다. 신열을 청각
적으로 인식하고 있다. 언어를 시각적으로 수용하고 있다. 이
러한 직관과 창의적 발상이 이 시의 생명을 반짝거리게 하고
있다. 신열이 오르는 병중의 환각을 새로운 세계로 만들어 내
고 있다.

창틈에서 떨고 있던 어둠이
건조한 시간을 빙글 돌린다

모래든 듯 까끌거리는 눈알
허공을 훑다가 천정 모서리에서 멈추고
이마엔 신열 토마토 **빽빽**이 열린다
방울방울 토해내는 시뻘건 통증이
둥글게 몸을 말고 초침을 씹는다

목숨끄트머리에서 아버지의 유전자 들락거리며
계절의 골짜기마다 떠도는 어지러운 기억들
선득선득 가슴을 가르고
난타의 막 박자로 검은 정적은 괴성을 지른다
난자당하는 내일의 꿈
바람의 울음 털며 들까불들까불댄다

갈등의 순간순간 튕겨져 나가는 잠의 꼭지
좌우로 돌려 보지만
허옇게 날 새는 침대
헛돌기만 한다

-「후-불면不眠」 전문

   그의 시에 고통과 관련된 것이 많다. 시상을 통고痛苦의 넓이
와 깊이로 맛보고 있음을 뜻한다. 어쩌면 그만큼 성숙하고 숙
성된 삶을 살아왔다고 할 수 있다. 쓴 맛을 모르는 인생을 어찌
제대로 산 인생이라고 말할 수 있겠는가. 그가 몸으로, 영혼으
로 부대끼며 견뎌오고 또 그 속에서 성취한 것들이 그의 삶의
총화다. 그리고 거기에서 하나의 견실한 열매로 익어 있는 것
이 이 시집의 시편들이다.

조등처럼 흔들리는 오솔길
내 유년을 키웠던 할머니의 눈물밥이
하얗게 끓고 있어요

할머니 가슴에 통증으로
박혀 있던 바늘 같은 나

할머니의 장죽長竹에서 올라오는
아리고 쓰린 한숨이
굽은 등 위로 어룽지다가
맵싸한 그믐달의 뒤꿈치를
휘감곤 했지요

수만 개의 바늘이 타고 도는 내 핏줄 속으로
꽃 진자리의 아픔 같은
할머니의 주름진 세월이
겹겹의 물결로 굽이치고 있어요

―「냉이꽃」 전문

　'할머니의 눈물밥이 하얗게 끓고 있'다는 표현이나 '할머니의 가슴에 통증으로 박혀 있던 바늘 같은'이나 혹은 '장죽에서 올라오는 아리고 쓰린 한숨' 같은 표현에서 보듯 그의 언어를 주물러 다루는 솜씨는 가히 일품이다. 원석을 세공하여 하나의 영롱한 보석으로 다듬는 솜씨에 비유할 만하다.
　지하선 시인은 늦깎이 시인이다. 그러나 그는 앞서서 달리고 있는 시인들을 빠른 시간에 따라 잡고 있다. 이 시집이 그것을 증명한다.

앞으로 더욱 정진하여 큰 시인으로 성장하기를 빈다. 시집 출간을 축하하는 뜻으로 이 글을 시집의 뒤에 달아 놓는다.

그리운 아날로그의 미학

고명수 (시인, 동원대 교수)

1. 시인을 위하여

시란 승화된 감정의 세계를 '최상의 완전한 방식'으로 표현하는 것이니 가히 언어예술의 꽃이요, 문화의 정수精髓라 할 만하다. 그러므로 시에서는 일상 언어에서는 고려하지 않아도 되는 리듬이나 이미지, 어조와 낱말의 뉘앙스에 이르기까지 언어의 세부적 요소를 섬세하게 고려하여 말해야 한다. 여기에 예술가로서 시인의 계산과 도박이 시작되는 것이다.

시인의 인식과 감정이라는 씨줄이 이미지, 리듬과 어조 등의 날줄과 만나 유기체처럼 긴밀하게 어우러져 짜인 천과도 같은 것이 시이므로 한 편의 시에는 다양한 삶의 무늬와 매듭이 들어있기 마련이다. 시인은 순결한 사랑으로 매개된 자신의 분신과도 같은 한 편의 시를 탄생시키기 위해 각고의 노력을 한다. 시인이 산고産苦의 끝에 낳은 작품을 세상에 내 보내면, 그 작품은 자기 나름의 삶을 살아간다. 그렇기에 시인들은 금지옥엽처럼 키운 자식을 시집, 장가보내는 심정으로 작품을 세상에 내보낸다.

또한 시는 세상에 '새싹'을 나누어주는 행위라 할 수 있다. 삶에 지친 세상 사람들에게 새로운 인식과 깨달음을 주거나, 언어의 아름다움과 상상의 기쁨과 안식을 나누어줄 수 있어야 한다. 그러기 위해 시인들은 얼마나 많은 밤을 불면으로 지새워야 하던가? 그러므로 한 편의 시에서 표현되는 정서나 사상의 세계는 인간의 운명을 포괄하면서도 일상성을 한 차원 뛰어넘는 것이어야 한다. 일상의 때 묻은 언어가 아니라, 청신하고도 새로운 느낌으로 다가오는 언어를 사용해야 한다. 따라서 "일상어가 끝나는 지점에서 시어가 시작된다."는 말은 시작원칙의 제1조가 된다. 같은 기호체계를 사용하지만 김소월의 시 「진달래꽃」의 '진달래'나 서정주의 「국화 옆에서」의 '국화'는 일상어의 차원을 벗어난 시인의 정서와 사상을 대변하는 것이다. 그것은 언어의 과학적 사용과는 판이한 언어의 정서적 사용인 것이다. 거기에는 사물에 대한 새로운 해석이 있고, 사랑과 인생에 대한 깊은 고뇌와 성찰의 끝에서 도달한 깨달음이 있다. 독자들은 그러한 시를 읽으며 절절한 사랑의 모습을 느껴 보기도 하고, 고난과 시련의 끝에 도달한 중년의 원숙한 아름다움을 만나기도 한다.

2. 시의 하늘을 날고 싶은 이카로스의 꿈

　지하선의 첫 시집을 읽어보았다.

　그의 시적 감성은 대체로 디지털적이라기보다는 아날로그적인 것 같다. 가볍고 휘발성이 강한 것이 아니라 끈끈하고도 뜨거운 그 무엇이 느껴진다. 그것은 '뜨거운 땡볕을 뚫고 울어대는 매미'로 표상되기도 하는데, 시에 대한 열정과 치열한 도전 정신에서 기인하는 것이라 여겨진다.

　　　　소리를 키우는 건 순전히 침묵이다

　　　　길고 지리한 기다림의 끝
　　　　찰나의 생生 경계에서
　　　　방황하는 고통을
　　　　묵묵히 품어주는 초록 잎새
　　　　제 몸 틈새에 그의 일생을
　　　　녹음해 두었다가 재생시켜주는
　　　　넉넉한 나무둥치가 있기에
　　　　명함名銜이 된 소리의 칼 하나,
　　　　어둠의 등판에서 벼리고 갔다

　　　　　　　　　　　　　　　　－「매미가 뜨겁게 우는 이유」부분

　위의 시에서 매미로 표상된 시의 화자는 '어둠의 등판'에서

'소리의 칼' 을 '벼리고 갈' 며 침묵 속에서 소리를 키우고 있다. 모든 존재가 자신을 드러내기까지는 언제나 기나긴 인고와 침묵의 시간을 필요로 한다. 화자도 그것은 '길고 지리한 기다림' 의 과정이었다고 말한다. 한 송이의 국화꽃을 피우기 위해 봄부터 소쩍새가 울고, 여름에는 천둥이 치고, 가을엔 무서리가 내리듯이, 한 존재가 자신의 존재가치를 상징하는 '소리' 를 내기까지는 고요한 기다림의 시간을 이겨내야 하는 법이다. 그것은 혼란스러우면서도 고통스러운 길이지만, 다행히도 그러한 고통의 길 주위에는 언제나 우리를 '묵묵히 품어주는 초록 잎새' 나 곤고한 화자의 기다림의 시간을 증언해주는 '넉넉한 나무둥치' 와 같은 귀인貴人들이 있으니, 이 얼마나 다행스런 일인가?

요단강 어귀 가로수들
세찬 바람에 떠밀려
등은 휘고
내리 꽂히는 폭염의 무게에
일제히 몸통 기울어졌다

가나안을 향한 아득한 여정
모세의 꿈을 안고
고꾸라질 듯, 기우뚱
허공의 비탈을 오른다

늑골 사이
머물지 못하는 시간들이
숨가쁜 광야를 건너간다

무릎 굳게 세우고
하늘을 달리고 싶은
열망의 그림자
무성히 늘어뜨리며…

—「비스듬히 산다」 전문

　이 세상의 모든 소중한 것 치고 대가 없이 주어지는 것은 없는 법이니, 우리는 바라는 바의 열망에 대하여 마땅히 대가를 지불해야 한다. 그러니 저마다의 꿈이 이루어지기까지는 모든 꿈을 가진 자들은 두 다리를 쭉 뻗고 살 수가 없는 것이다. '요단강 어귀 가로수들'처럼 '비스듬히' 살 수밖에 없는 법이다. 시시포스가 신들의 벌을 받고 힘겹게 언덕 위로 바위를 굴려 올리듯이 '세찬 바람'과 '내리 꽂히는 폭염'을 견디며 산꼭대기까지 올라가야 하는 것이다. 이것은 마치 젖과 꿀이 흐르는 희망의 땅 '가나안을 향한 아득한 여정'을 가야 하는 '모세의 꿈'처럼, 모든 꿈을 가진 자들의 숙명이다. 때론 '고꾸라질 듯 기우뚱'하며 '허공의 비탈'을 오르노라면 그만 두고 싶은 유혹에 심하게 흔들리기도 할 테지만, '하늘을 달리고 싶은 열망'이 있기에 잠시도 '머물지 못하는 시간들'을 안고 숨 가쁘게 '광야'를 건너가야 하는 것이 우리네 인간의 삶인지도 모른다. 그러면 화자가 꿈꾸는 '소리'의 세계는 어떠한 것이고 시인이 꿈꾸는 소리의 하늘은 어떤 모습일까?

이카로스 날개에 기생하던
울음이
태양의 얼굴을 비비며 녹아내린다
몇 광년의 기억을 더듬으면서
지구 한 귀퉁이에
빛의 씨앗으로 심어진다

스핑크스의 비밀처럼
쓸쓸히 묻혀있던
갈등의 단절음이
어둠의 갈피를 헤집는다
지루한 기다림을 웅얼거리다가
좁은 문을 통과한 성자처럼
붉은 입술 위에서
꿈의 빛깔로 떠돌다

허공의 향기를 흔드는
고원금 현의 울림으로
보일듯
들릴듯
천상의 모습인 듯

다가온다

―「미소 1」 전문

　　꿈을 향해 나아가는 삶은 고단하다. 그래서 꿈의 '이카로스 날개' 옆에는 언제나 고통과 슬픔의 '울음'이 따른다. 그 울음은 '태양의 얼굴'조차도 비비며 녹아내릴 정도로 강렬하지만, 절망과 슬픔은 언제나 그렇듯이 '빛의 씨앗'으로 나아가는 토양이 되기도 한다. 갈등과 어둠의 고통을 뚫고 그것은 '좁은 문'을 통과한 성자의 '붉은 입술' 위에서 '꿈의 빛깔'로 떠돌다가 마침내 신묘한 힘을 가진 '고원금'의 울림으로 다가온다. 그러므로 화자가 꿈꾸는 소리의 하늘은 모든 사람의 고통과 슬픔을 잠 재우는 신비와 평화의 소리인지도 모른다. 이러한 낭만주의적인 꿈을 가진 시인이 살아가는 현실의 모습은 어떠할까?

3. 위태로운 곡예로서의 삶

　　삶이란 언제나 예기치 못한 기쁨과 아픔을 수반한다. 그것은 인간의 존재 자체가 불완전하기 때문이다. 자아와 세계의 불화가 빚어내는 숱한 이야기들이 문학작품의 소재가 되는 것은 거기에 인간의 근원적인 고뇌가 있기 때문이리라. 그래서 누군가 시인을 '아픈 동물(sick animal)'라 했다. 시인은 일상인들이 잊고 지내는 이 본질적인 질문들을 가슴에 지니고 살아가는 존재이니, 삶이란 언제나 고뇌의 연속이고, 니체의 말처럼 인간

142

은 초극되어야 할 그 무엇이다. 미완성의 존재이자 가소성可塑性의 존재이다. 이러한 인간적인 고통과 고뇌를 더욱 진하게 느끼며, 아이헨도르프의 말처럼 시인은 '세계의 마음'이니 세간의 아픔을 대신 울어주는 곡비哭婢의 운명을 타고 난 것이 아닌가 한다.

> 수우박이 왔으요
> 달고 맛좋은 수우박을 아아주 싸게 드리요
>
> 아파트 벽 속에 갇혀 있는 귀들을
> 밖으로 끌어내려고 안간힘이다
> 어스름 땅거미가 덮쳐오는데도
> 허공에서 허공으로 겹겹이 이어지는
> 소리, 소리들
> 하루치 생계가 소리의 줄을 타고
> 위태롭게 곡예를 한다
>
> 병든 노모의 밭은기침이 걸리고
> 수박씨 같은 아이들의 눈망울이
> 그렁그렁 걸려 있는
> 외 줄 타 기
> 어둠이 짙어질수록 뒷걸음질친다
> 아침이면 닿아야 하는 밥상머리
> 세끼의 허기진 혀끝에서 팔리지 않는

오늘이 이울어 진다

-「하루살이」 전문

수렵과 농경사회를 지나 산업자본주의 사회로 전환된 오늘의 삶 속에서 우리는 늘상 무언가를 팔아야 살 수 있는 존재의 조건을 필연적인 숙명으로 안게 되었다. 모든 것은 상품이 되어서 화폐를 매개로 교환되고, 화폐가 있어야 우리는 생활에 필요한 물품들을 구할 수 있게 되었다. 아득한 옛날에 가장들은 밖에 나가서 사냥을 해 오거나 열매를 따서 오면 그것으로 생계가 가능하였다. 그러나 이제는 돈을 벌어와야 한다. 그래야 쌀을 사고 의복을 살 수가 있다. 위의 시에서도 화자는 애절하고도 절박하게 '수박'을 사라고 외치는 한 과일장수의 모습을 보여주면서 산업화되고 도시화된 우리 삶의 조건을 제시한다.

공동체적인 대가족제도가 무너진 뒤로는 가족들이 직장을 따라 뿔뿔이 흩어져서 살게 되었고, 도시에서의 삶은 아파트로 상징되는 단절된 '벽' 속에 갇히게 되어 이웃 간의 의사소통이나 공동체적인 삶의 기능은 약화되었다. 그러니 타인과의 소통의 매개가 되는 '귀'들은 아파트 안에 꽁꽁 숨어 있는 것이고, 단절과 고독의 소리들은 '허공에서 허공으로' 퍼져 나간다. 그러나 하루치의 생계를 위해서는 이 단절의 벽을 뚫고 상품을 팔아야 하는 것이니, '병든 노모'와 '수박씨 같은 아이들의 눈망울'을 책임져야 하는 과일장수의 목소리는 생사의 기로에서 위태로운 '외줄타기'의 '곡예'를 해야만 하는 가장의 모습을 현시한다. 자본주의 아래의 삶은 이처럼 절박한 상황에 놓여

있는 것이다. 그러니 '삶의 무게를 견디지 못하고' 관절은 삐걱거리며, '겹겹이 찌든 삶의 냄새'를 밖으로 내보내려 할 때 '생의 문'은 '덜컹 덜컹' 흔들리는 것이다. 문이 이렇게 덜컹거리는 것은 알고 보니 '오랫동안 묶여 있던 것들'을 '미처 잠그지 못한' 때문이다(「부엌 문」). 그러니까 화자의 삶의 고통은 조상대대로 유전되어 온 것이다.

조등처럼 흔들리는 오솔길
내 유년을 키웠던 할머니의 눈물 밥이
하얗게 끓고 있어요

할머니 가슴에 통증으로
박혀있던 바늘 같은 나

할머니의 장죽長竹에서 올라오는
아리고 쓰린 한숨이
굽은 등 위로 어룽지다가
맵싸한 그믐달의 뒤꿈치를
휘감곤 했지요

수만 개의 바늘이 타고 도는 내 핏줄 속으로
꽃 진자리의 아픔 같은
할머니의 주름진 세월이
겹겹의 물결로 굽이치고 있어요

　　　　　　　　　　　　　　　－「냉이꽃」 전문

위의 시에서 보듯이 화자는 자신을 '할머니의 가슴에 통증으로 박혀있던 바늘'과 같은 존재로 인식한다. 아마도 화자는 가난한 유년의 시절을 할머니와 함께 보낸 듯한데, 할머니는 왜 그리도 '아리고 쓰린 한숨'을 '장죽長竹'에서 토해냈을까? 화자의 핏줄 속에는 '꽃 진자리의 아픔' 같은 할머니의 주름진 세월이 물결로 굽이치고 있다고 말한다. 그 '한숨'이 '굽은 등 위로 어룽지다가' '그믐달'에까지 이른다는 미학적인 표현에서 우리는 가난과 이별 같은 사람의 숙명적인 아픔들이 우주에까지 확산되는 것을 볼 수 있다.

도스토예프스키의 명작 『죄와 벌』에서 지적 오만으로 인하여 살인을 저지른 대학생 라스콜리니코프가 양심의 가책으로 고뇌하다가 몸은 비록 삶의 누추함에 더럽혀졌지만 영혼은 순결한 '성스러운 창녀' 소냐에게 자신이 살인범을 고백했을 때, 소냐는 그에게 이렇게 말한다. "당신이 더럽힌 땅에다 키스하세요. 그리고 거리로 나가 나는 죄인이라고 외치세요"라고. 그 말에 따라 라스콜리니코프는 자수를 하고 시베리아 유형길을 떠난다. 그리고 소냐는 그를 따라가 끝까지 사랑을 실천한다. 기독교적인 사랑을 감동적으로 표현한 이 소설을 문득 거론한 것은 바로 다음의 시 때문이다.

롤러스케이트 타는 아이들
무릎을 꿇고 단단한 바닥에 복종하는 것이
튼튼하게 일어서는 힘이라는 걸 배우고 있다

잘 넘어지는 방법을 몰랐던 나

종종걸음으로 우회하기도 했고
바닥에 반항하며 버팅기기도 했다
엄동설한嚴冬雪寒, 바닥은
서려고만 했던 내 삶을 공격해 왔다
(중략)
하루치의 목숨, 그 누런 고집이
단단한 바닥을 치며
시간의 내리막으로 굴러 가고 있었다

-「넘어지는 연습」 부분

　위의 시는 '무릎을 꿇고 단단한 바닥에 복종하는 것'이 오히려 '튼튼하게 일어서는 힘'이라는 역설적 진리를 우리에게 일깨워준다. 미래를 예측하지 못하는 우리는 언제나 갑자기 닥쳐오는 위험에 대비를 하지 못해서 후회를 하곤 한다. 그것은 '잘 넘어지는 방법'을 몰라서이다. 위태로운 삶의 외줄타기에서 우리는 미련하기 짝이 없는 그 '누런 고집' 때문에 삶의 내리막으로 추락하곤 하는 것이다. 셰익스피어의 비극『리어왕』에서 리어왕이 바로 그 '누런 고집' 때문에 파멸한 대표적인 인물이 아니던가. 그런데 그것은 인간의 보편적인 우매함을 나타낸 것이다. 자기를 낮추고 삶의 밑바닥의 진실에 복종한다면 평안할 것을 우리는 왜 그 알량한 자존심을 버리지 못하고 '종종걸음으로 우회' 하고, '바닥에 반항하며 버팅기가' 만 하는가? 그것은 많은 현대인이 습관처럼 지니고 있는 허위의식 때문일 것이다. 대개는 결핍된 자아를 위장하려는 방어기제 때문이거나 체면과 같은 사회적 가면 때문일 것이다. 이러한 것들에 사로잡히면 밑바닥의 진실을 보지 못하게 되는 것이다. 그래서 시의 화자는 '넘어지는 연습' 을 하고 있다. 그러한 넘어짐의 아픔과 고통을 먹고 삶과 예술의 성숙은 이루어지는 것이니 우리네 삶에서의 실패와 좌절을 때로는 고귀한 자산이 되는 것이다.

4. 사라져가는 것들에 대한 연민

시란 끊임없이 변화하는 시간의 흐름으로부터 신비로운 의미를 지니는 한순간을 건져내어 시간을 초월한 형식에 가둠으로써 그 순간을 기록하여 영구히 보존하려는 인간의 간절한 소망이 만들어낸 하나의 결실인 동시에 새로운 언어 질서를 통해서 기억에 남을 만한 그 특별한 경험을 타인들에게도 재현해 보여줌으로써 그 경험을 공유하도록 하는 것이 또한 시인의 사명이라 할 수 있을 것이다. 따라서 시인으로서의 기쁨도 결국은 우리가 어렴풋이 느끼고 있던 어떤 것, 우리가 알던 것을 잊어버리고 있다가 이제 새롭게 발견하여 처음으로 그 의미가 완전히 밝혀진 어떤 것에 대한 인식의 기쁨이라 할 수 있을 것이다. 이에 시인은 사라져가는 우리문화의 아름다운 흔적을 따라가는 아날로그적인 세계로 우리를 인도한다.

곡선에서 곡선으로 흐르며
솟구치다가 이우러지는

백색의 침묵이다

고쟁이 속 깊이
여자를 참아내며
종부從夫로 아낙으로
고초당초 시집살이
섶, 섶에 서린 시앗의 한恨도
적막 가슴 서리서리
말기끈으로 꽉꽉 조여 맸지

휘이휘이 열두 폭 치마 들썩이던
풍요로운 가을날들이
얼어붙은 노을에 기대선 허수아비처럼
허허로워질 때에야, 서럽게 낡은
버선목 탁탁 털어 뉘어 놓고
맨발 가지런히 앙상한 쉼을 얻었지

—「여백 2—한복예술 개인전에서」전문

위의 시는 한복의 아름다움과 그 한복 속에 깃들어 있는 우리네 전통적인 여성들의 삶과 한恨을 승화시켜 가던 지혜를 잘 보여주고 있다. 흔히 한국적인 미美를 얘기할 때, 버선코의 아름다운 선이나 기와지붕 추녀의 아름다운 곡선, 그리고 한복의 아름다운 곡선의 미를 거론한다. 시의 앞부분은 한복이 지니고 있는 곡선의 아름다움을 묘사한다. 그러다가 3연에 가면 한복 속에 깃든 한국여성의 내면의 아픔을 그려낸다. 가부장적인 유교문화의 전통 속에서 여성들은 자신의 욕망을 안으로 절제하며 인고忍苦의 삶을 살았다. 그것은 '고초당초' 처럼 맵고 아픈 것이었다. 그래서 여인들은 '적막 가슴 서리서리' 말기끈으로 조여매고 추수가 끝날 때까지 인고로 기다려야 했다.

　이제는 여성들의 권리가 많이 신장되어 가정의 권력자로 군림하고 있고 나아가 여성들은 욕망의 주체로서 당당하게 살아가고 있어 이러한 아날로그적인 정서는 격세지감마저 느끼게 한다. 그러나 모든 것이 지나치게 말초적으로 디지털화한 세계에서는 오히려 이러한 아날로그적인 감성의 세계가 그리워지기도 하는 것이다. 하지만, 이미 이러한 전통문화의 아름다움은 창조적으로 계승되지 못하고 '난파한 선박' 처럼 도시 속에 외로운 한 채의 고가古家로 자리하고 있다.

　　　종로 한복판
　　　홀로 엎드려 있는 절해고도絶海孤島

　　　많은 섬들이 침식당한 뒤
　　　냉랭한 파도가 후려칠 때마다
　　　시름시름 낡아가는 통증

해안에 좌초된 선박처럼
침묵으로 덮고 있다

어둠이 저녁으로 내려앉는
이끼 낀 시간의 절벽에는
실종된 옛 기억이
따개비처럼 굳어있고

짜디짠 섬 한쪽
한 뼘 남은 그림자만
허기진 냉기로 남아있다

−「고가古家」 전문

　위의 시에서 '고가'는 '낡아가는 통증'을 지닌 채 '절해고
도'처럼 침묵 속에 고립되어 있다. '이끼 낀 시간의 절벽'에는
'실종된 옛 기억'이 '따개비처럼' 굳어있다. 처연한 모습이 아
닐 수 없다. 전 세계에서 우리만큼 전통문화를 경시하는 나라
도 아마 없을 것이다. 무조건 개발과 자본의 논리를 앞세운 건
설만이 횡행한다. 아파트를 짓느라 땅을 파헤치면 고대의 유적
들이 쏟아져 나오지만 그것을 보존하기에는 자본주의적 욕망
의 힘이 너무 크다. 그러다보니 전통문화의 보존은 언제나 찬
밥 신세가 되어 자본의 이해관계에 밀려난다. 그래서 그것은
언제나 뒷전으로 밀려나 눈물을 머금은 채 '짜디짠 섬 한쪽'에
씁쓸하게 잊혀져서 '한 뼘 남은 그림자'의 모습으로 존재한다.

이렇게 후손들이 홀대하니 우리의 전통문화란 언제나 '허기진 냉기'로 변두리 한구석에 남아있게 된 것이다. 그래서 시의 화자는 흘러간 옛 노래가 흐르는 '황학동'의 거리를 서성거리며 잃어버린 추억의 시간을 찾아 방황하기도 한다.

필요 없을 것 같은 필요들이
오밀조밀 달라붙어
잊혀져가는 시간을 근근이 잡고 있다

못 가져도 만족스럽던
골동품 같은 세월을 팔던
옛 추억이 여기저기
널브러져있는 폐선엔
오래전 내걸었던 백기가
잿빛 소음을 감고있다

과거와 현재와 미래가
남루한 존재감으로
밭은 숨을 몰아쉬며
밤의 밀집을 채워 넣고있다

가혹한 표류의 속박에
정겨운 목소리들이 부러져 나딩굴고
'희미한 옛사랑'을 울고 있는

'황혼의 엘레지'

길 잃은 뽕짝만 신음처럼

방황하고 있다

—「황학동」 전문

    '황학동'은 '잊혀져가는 시간을 근근히 잡고 있는' 공간이
다. 거기에는 '못 가져도 만족스럽던' 세월이 존재한다. 이것은
우리가 잃어버린 시간이다. 탐욕스런 자본주의 세상이 오기 전
의 아름다운 아날로그적인 세상 얘기다. 그러나 지금 '황학동'
은 앞의 시 '고가'처럼 버려진 폐선처럼 존재한다. "과거와 현
재와 미래가/남루한 존재감으로/받은 숨을 몰아쉬며" 어두운
시간의 '밤'에 회상과 미련의 '밀집'을 채워 넣고 있을 뿐이다.
'희미한 옛사랑'을 울고 있는 '황혼의 엘레지'가 흐르는 황학
동이라는 공간을 통하여 화자는 자본주의의 이면을 고발하고
있다. 남루하기는 하지만 그때는 '못 가져도 만족스럽던' '골
동품 같은 세월'이었고 '정겨운 목소리'들이 있었다. 그러나
오늘날은 어떠한가. 철저히 고립되고 파편화된 디지털의 공간
속을 사람들은 자본의 노예가 되어 핏기를 잃은 채 마네킹처럼
서성거리고 있는 것이다. 시의 화자는 이러한 사라져가는 것들
에 대한 연민을 통하여 오늘의 현실을 되짚어보고 있다.

5. 감각적인 이미지의 구사에 능한 시인

전통서정시의 맥을 이은 박재삼 시인은 좋은 시가 필연적으로 갖추어야 할 조건을 말하면서 단순한 여기餘技가 아니라 전 인생을 걸고 하겠다는 남다른 오기傲氣를 가지고 시에 임해야 함을 강조한다. 이는 시 쓰는 이들이 명심해야 할 시의 요체를 지적한 것으로 보여서 다음에 옮겨본다.

첫째, 자기만이 처음 느낀 것을 써야 한다. 즉 創意의 세계를 캤느냐 그렇지 못하냐 하는 것이 좋은 시를 결정하는 첫째 요인이다. 둘째, 그런 것을 자기만이 가진 文法으로 잘 앉혀야 한다. 즉 개성을 확보하는 문제다. 그러기 위해선 構成의 妙를 터득해야 한다. 셋째, 읽는 사람의 共感을 얻어야 한다. 그저 흐리멍텅한 작품을 빚었다가는 그것은 영락없이 묻혀버리고 만다. 그러므로 위의 세 가지는 시를 쓰는 사람이면 늘 명심하고 대들어야 한다.

그저 시는 짧은 형식이니까 누구라도 손쉽게는 대들 수 있지만, 그것을 완성시키기는 쉬운 일이 아니다. 평생의 사업으로 생각해야 한다. 이것을 표현 못하면 내 목숨이 없어진다는 각오로 시에 모든 것을 걸고 대들지 않으면 안 된다. 한정된 시간 안에 좋은 시를 써야 한다. 죽고 나서도 살아남을 수 있는 시를 써야 한다. 돈과는 인연이 먼 시를 한다는 것은 오기가 없으면 안 된다. 죽으나 사나 이것이라고 생각하고 거기에 전 인생을 걸고 달려들 일이다. 그러므로 웬만하면 시를 하지 말라는 것으로 나는 권유한다.

창의와 구성의 묘미와 공감을 시의 요건으로 들면서 박재삼 시인은 필사의 각오로 임할 것을 주문하고 있다. 근자에 시들이 많이 쏟아져 나와 양적으로는 매우 풍요로운 것 같으나 오래도록 두고두고 반복해서 다시금 읽고 싶은 시는 그리 많지 않은 것 같다. 시인 조지훈의 말처럼 귀에 쟁쟁 울리는 듯한 음악성을 가진 시, 눈에 선하게 그 장면이 떠오르는 투명한 그림이 있는 시, 가슴에 절절하게 와 닿아 감동을 주는 시, 그러면서도 언어의 긴장감이 느껴지는 시, 언어예술로서의 시의 기품을 갖춘 시, 정신의 기율을 느낄 수 있는 시가, 그래서 즉각 암송하고 싶은 시가 좋은 시가 아닐까 생각한다. 어느 선배시인의 충고처럼, 덜 익은 과일을 함부로 시장에 내다 팔려고 하지 말고 무르익어 터져 나오는 그런 충만한 언어의 열매들을 기다려보고 싶다. 무성의하게 내뱉는 경망스러운 시보다는 진실한 삶의 체험이 묻어나는 시, 그리하여 누군가에게 영혼의 양식으로서 기능할 수 있는 시, 푹 익어 좋은 향기를 지니고 있는 한잔의 술과도 같은 그런 시가 좋은 시가 아닐까 한다.

　그런 견지에서 보면 지하선 시인은 좋은 시인이 될 자질을 많이 지니고 있는 듯하다. 우선 시에 대한 강렬한 열정과 더불어 감각적인 이미지를 구사할 줄 안다는 점이다. 사물을 감각적으로 묘사하는 것이야말로 시의 습작과정에서 맨 먼저 익혀야 할 자질이 아닌가 한다. 다음의 시는 근육 감각적 이미지와 시각적 이미지가 잘 어우러져 에로틱한 느낌마저 상상케 한다.

조심조심
옷을 벗긴다

손가락 끝으로 전해지는 전율
머뭇거리다가
차츰 대담하게
몸을 제압해 가는 입술 속에서
파르르
떨리는 그
부드러운 감촉이 미끄러지듯
혀끝에 감긴다

좀 더
깊고
은밀하게
터질 듯
농익은 몸짓이
더 이상 참지 못하고
내 안 깊숙이
황홀한 속살을 쏟아낸다

온통 붉다!

－「홍시」 전문

그런가 하면 다음의 시에서는 청각적 이미지를 잘 구사하고 있다. 의성어를 유머러스하게 사용하면서 소리의 이미지를 우주적 이미저리로까지 확장시키는 놀라운 상상력을 보여주고 있다.

> 갈 까브르 갈 까브르
> 계절을 키질하는
> 풀벌레 소리
>
> 안으로 모아들인
> 통통
> 알 밴 가을만
> 은하에 헹구어서
> 달빛 마당에 널어놓네

—「처서處暑 지나니 1」 부분

'갈 까브르 갈 까브르'라는 소멸의 의미를 내포하는 의성어를 통하여 가을에 들려오는 풀벌레 소리를 감각적으로 묘사하면서 가을이 지니고 있는 소멸의 이미지를 유머러스하게 제시할 뿐만 아니라 그것을 '계절을 키질'한다고 해석함으로써 비약적 상상력의 증폭을 느끼게 한다. 2연에서는 소리의 이미지를 시각화하여 "통통 알 밴 가을만/은하에 헹구어서/달빛마당에 널어놓"는다고 해석함으로써 상상력의 확장을 통한 인식의 확대를 보여준다. 한낱 풀벌레의 소리가 우주적 의미로 확대된다. 이러한 시적 처리능력은 이 시인의 가능성을 엿보게 한다.

아무쪼록 무한한 발전가능성을 보이고 있는 이 시인이 어깨에 힘을 조금 빼어 좀 더 유연한 자세로 시에 임한다면, 일상성을 벗어나는 모국어의 시적 가능성을 확장시킬 수 있는 좋은 시인이 되리라 믿는다. 더욱 정진하여 주옥같은 명품을 만들어 삶 일상에 지친 독자들에게 감각의 청신함을 통하여 인식의 새로움과 시적 상상의 기쁨을 제공해주길 기대한다.

미네르바시선 24

소리를 키우는 침묵

ⓒ 지하선 2011

초판인쇄 2011년 5월 25일   초판발행 2011년 5월 31일
지은이 지하선   펴낸이 문효치   펴낸곳 **미네르바**
주소 110-350 서울시 종로구 운니동 65-1 오피스텔월드 802호
전화번호 02-2264-4530   팩시밀리 02-2274-5253
전자우편 minerva21@hanmail.net

제작 · 배본 **문학의전당**   제작인 김충규
디자인 이효숙(fbicafe@naver.com)
출판등록 제387-2003-00048호(2003년 9월 8일)
주소 121-718 서울시 마포구 공덕동 404번지 풍림VIP빌딩 202호
대표전화 02-852-1977   팩시밀리 02-852-1978
블로그 http://blog.naver.com/mhjd2003   전자우편 mhjd2003@naver.com

ISBN 978-89-93481-95-2 03810